Minha Força Está No Amor!

Minha Força Está No Amor!

saúl fragoso

Published by saúl fragoso, 2022.

This is a work of fiction. Similarities to real people, places, or events are entirely coincidental.

MINHA FORÇA ESTÁ NO AMOR!

First edition. April 18, 2022.

Copyright © 2022 saúl fragoso.

ISBN: 979-8201661885

Written by saúl fragoso.

Also by saúl fragoso

My Defeat Called Victory!
A Coragem é Começar Hoje, há Festa!
Minha Força Está No Amor!

Watch for more at https://saulfragoso.net/.

Introdução:

Cada batalha, cada capítulo!
Cada caminho, cada escolha que hoje decida fazer!
Deus vai sempre consigo!
Minha força está no amor!

MINHA FORÇA ESTÁ NO AMOR!

Cada passo que você der, que deus esteja consigo!

Deus nos motiva a seguir em frente!

Deus nos deu a sua palavra, sabe que ela tem poder!

Com a palavra, quando fala com toda a fé!

É possível conquistar o impossível!

Você está feliz?

O mundo precisa de ver a tua luz a brilhar!

Queremos ser tão bons no amor!

Passamos o tempo a trabalhar!

Por causa de uma mensagem, que recebi, eu li isto:

Não te dês ao trabalho de passar aqui!

Quando eu li, entendi isto, que a minha relação, acabou de terminar!

O meu coração está cheio de muito amor de um momento para o outro, fica no fundo!

O caminho é para a frente!

A mania de amar quem não devo!

Votas foguetes antes do tempo, acabas na sarjeta!

Ou amas quem tens ao teu lado, ou ficas ultrapassado!

Ou perdes ou ganhas o amor que é para sempre!

Há ciúme, é sinal que há amor para dar e receber!

Seja qual for a palavra que tem em mente!

Sabe que a palavra falada com muita fé, produz a realidade!

A realidade, vem da sua mente, foi lá que ela nasceu!

Você nasceu e reage como um pobre, nada faz para mudar a realidade!

Pare de reclamar da vida, deixe de procurar defeitos a onde eles não existem!

Não se proteja tanto, se liberte um pouco mais!

A sua luz a enche de felicidade!

Se liberte da tensão acumulada!

O importante é vencer na vida!

Trabalhe fazendo o que mais ama!

O seu entusiasmo a leva para o caminho certo!

Quer mudar de vida e faz tudo igual!

Acredite em mim!

A felicidade é ter uma vida nova!

O melhor é arriscar, se ame, cuide da pessoa que ama!

Faça a pessoa que ama, feliz, diga tudo o que sente!

Fale como a ama de verdade, fale com carinho e alegria dentro de si!

Faça a pessoa sorrir, dê valor ao que tem, antes que perca!

Minha força está no amor!

A sorte está do seu lado, aproveite enquanto ela existe!

É mais fácil ser feliz do que ser um triste!

No lugar de fingir o amor, seja verdadeiro e sincero!

Acaba com que é ruim!

Vamos sorrir, hoje!

O medo e a incerteza, se nada arrisca, perde!

Construa uma vida, tenha várias ou acaba na ruina!

Ganhe coragem e enfrente a vida!

Quando se encontra frente a frente com a vida!

Nos momentos mais difíceis, o melhor é não desistir!

Sei que são momentos difíceis, mas eles passam!

Eles acontecem, para perder todo o medo!

É uma nova etapa para ganhar a coragem que tanto necessita para enfrentar a vida!

São duros, tem que passar por eles, no meio vai agradecer por ter passado por eles!

Quem sabe se a sua vida financeira melhora!

A força está dentro de si!

As tempestades, os empurrões, a força de acreditar, numa vida melhor!

No meio encontra a felicidade dentro de nós!

Cheguei á conclusão que não vale a pena contar os minutos, nem as horas!

MINHA FORÇA ESTÁ NO AMOR!

A vida continua a passar e nunca mais volta!

A falta de fé, alimenta o medo!

Pode perder todos os bens materiais, mas nunca perca o amor!

Há pessoas que passam na nossa vida, para nos trazer coisas boas!

Enquanto outras, as queremos ver para longe de nós!

Elas, só nos magoam!

Se afaste de algumas pessoas negativas!

Não exponha em demasia a sua vida!

Será tentado a fugir da rotina, voltando-se para lugares românticos!

Destruir um sonho, sem dar um passo para realizar, é uma pura pena!

Pare tudo por breves momentos, relaxe e pense com calma!

Foi a força do seu pensamento, que a levou a ler este livro, já pensou nisto?

Viver num mundo descontrolado, vive a vida sem ter qualquer controle sobre o que pensa!

Agora quer controlar os pensamentos das outras pessoas!

Não está a viver a vida, porque quer viver a vida das outras pessoas!

Espere aí, algo não está bem?

Já parou para pensar, é você, é o que é, neste momento e não os outros!

Se os outros podem, você também pode, ninguém é mais que ninguém!

Recue um pouco no tempo, os seus pais lhe ensinaram de uma forma negativa!

De tão bom aluno, recuou, por ser negativo!

Agora é o que imagina ser, dentro da sua mente entra muitos sonhos!

O resultado é aquilo que pensa!

Se a vida deu para o torto, hoje é a solidão que habita dentro de si!

A infelicidade de não amar!

Seja qual for o caminho, escolha a sorte, ela vem ao seu encontro!

Se pode pensar, pode realizar, se pode imaginar, também pode realizar!

Se deseja tanto uma coisa, não desista e vá atrás do que mais deseja ver realizado!

E quer que lhe diga uma coisa: tudo é possível!

Deus é a resposta do seu problema!

Quando pede com toda a sua fé, deus o atende!

Tem uma mente que tem um poder infinito, capaz de alcançar qualquer meta!

Pelo poder da sua mente tudo é possível!

Hoje converta um desejo em realidade, porque tudo é possível!

Mantenha o foco e acredite nos seus objetivos!

A vida tem um fim para todos nós, no nosso final, o arrependimento vai custar a engolir em seco!

Lamenta das coisas que nunca fez, lutar, falar e amar!

Não desista, mantenha a fé viva!

A esperança é a luz, porque tudo vai ficar bem!

O covid é um novo ciclo que o mundo está a passar!

Daqui por uns tempos, tudo está ultrapassado, porque o mundo entra em novas descobertas!

Entramos no novo mundo, há um futuro que ainda não aconteceu!

O mundo entrou numa nova luta, tudo por causa de um punhado de terra!

Nada nos pertence neste mundo, apenas é emprestado!

Entramos numa rotura politica capaz de tudo, capaz de matar e usar toda a violência para ser dono de um punhado de terra que não é nossa!

Tudo pertence a deus!

Deus dá, deus tira, chega a um ponto, o sofrimento o começa a avisar!

O universo tem a lei do retorno!

Quem pratica o bem, acaba bem!

Quem pratica o mal, acaba mal!

Deus está dentro de mim!

Deus está dentro de você!

Deus está dentro de nós!

MINHA FORÇA ESTÁ NO AMOR!

Deus está em todos os momentos da minha vida, para onde quer que eu me vire!

Deus está comigo!

O momento agora é perfeito!

Revele-se, atreva-se a ser romântico!

Seja confiante, dê o melhor de si

Há pessoas que nos empurra para trás, desapega delas e segue com a vida!

O vazio é um espaço que precisa de ser preenchido!

O amor pede sinceridade, o amor detesta mentiras!

O amor gosta de certezas, o amor não merece quem não nos quer!

O amor gosta que seja real e original!

O amor quando rompe é difícil de consertar!

A dor nos ajuda a melhorar!

Seja na alegria, ou seja, na tristeza, há um propósito, deus está a nosso favor!

Sem darmos por ela, deus nos livra daquilo que não somos capazes!

Deus transforma, deus trabalha, deus está moldando toda a nossa vida!

Para hoje podermos vencer!

A vida me ama, traz o que for bom!

Que o passado seja passado, para hoje ser muito feliz!

Ter uma boa conversa, levanta o seu espírito!

A vida te traz sabedoria, para ultrapassar as dificuldades!

A vida te trás lições, para que possas aprender com ela!

Ter fé, é ter a certeza que tudo vai dar certo!

Que alegria esteja agora á tua espera!

Seja otimista, tenta subir, que o melhor chegue até a si!

Terá uma boa notícia, a sorte, hoje está do seu lado!

Já pensou que é uma pessoa negativa, ainda é pessimista!

Mude a sua mente, que a sorte chega!

Comece hoje, pelo que é mais difícil, até que chega ao mais fácil!

Já desistiu e nem sequer tentou uma única vez!

Se não tentar não sabe!

Minha força está no amor!

Domine o que pensa ou sai um derrotado!

Os momentos de alegria está quando as pessoas se tornam especiais na nossa vida!

Elas invadem o nosso coração, para arrancar toda a tristeza que existe lá!

A vida é mágica, sem ela não há vida!

A vida é tão frágil, sem dar por nada, tudo acaba em segundos!

Faça alguém feliz, ame quem tem ao seu lado!

O mais importante, é agora sermos felizes!

Hoje é um novo dia, acredite na sua vitória!

Tudo o que imaginou, pode dar certo!

O importante é nunca desistir, a fé é o caminho para a sua vitória!

Siga a vitória, o dinheiro acaba por ser melhor que a pobreza!

A pobreza não compra porcaria nenhuma!

Por questões monetárias, dar um passo mais á frente, já é meio caminho dado!

Siga com o amor no coração, sem escorrer lágrimas nos olhos!

Hoje se esqueceu o que me falou ontem, que o amor nunca morre!

A vida nos devolve todo o amor que damos!

O que deseja agora, se está seguro, tenha a certeza o que, o universo lhe dá!

Quando crescemos, somos felizes!

As coisas boas ou más da vida, sempre acontecem, nada importa se é por acaso ou destino!

O futuro é agora em que tudo acontece!

A felicidade, começa no seu pensamento e nos sentimentos que sente agora!

A felicidade é um estado mental, tudo pode acontecer!

Seja o imã daquilo que deseja atrair até a si!

MINHA FORÇA ESTÁ NO AMOR!

Através da sua mente, vai atrair, o seu subconsciente é a fonte infinita!

É a maior força capaz de atrair o amor, a felicidade e a prosperidade até a si!

Construa uma escada que te leva até ao sucesso!

Nunca desistas dos teus sonhos, deus está contigo!

O seu bem-estar mental, está a dar sinais que tudo está a começar a melhorar na sua vida!

Está feliz com os esforços que fez!

Hoje é dia de ser feliz com mais um novo dia!

Se você estiver bem, o mundo vai estar de bem com você!

Você é o que pensa que é neste exato momento!

Os pensamentos é a raiz da sua vida!

Tudo que planta na sua mente, é o que vai colher!

O sucesso, o fracasso, a riqueza e a pobreza!

Tudo depende apenas de si!

Seja qual for a situação, em que se encontra hoje!

Não desespere, cair e levantar!

Se ame por completo!

Confie em deus, carregue a fé no peito!

A desilusão passa, com a vida, a dor chega com as decepções!

Perdemos a esperança, tudo passa!

Com fé, é a nossa maior força, a fé faz o impossível em possível!

Os momentos que passamos na vida, com o tempo passam!

Uns podem ser difíceis, enquanto outros podem ser fáceis!

Deus é a fonte de tudo, a minha coragem vem de deus!

A esperança é a minha força, com deus tudo venço!

Recupere a sua imaginação que tinha na infância!

Hoje é adulto, dê asas á sua imaginação e a torne realidade!

Tudo nos chega no tempo certo!

Amanhã não sei o que vai acontecer!

Ame a vida com amor e carinho, antes que tudo acabe!

SAÚL FRAGOSO

Quando segue o caminho certo com fé, não há nada que consiga parar você!

Até as circunstâncias são ultrapassadas!

Porque tudo pode ser possível!

Se o sonho parecer difícil de realizar, não desanime, dá tempo!

Mantenha a esperança em dias melhores!

O dinheiro procura as pessoas, que amam o que fazem!

Tem que ter atenção, há palavras que saem da sua boca!

Tem que ter o máximo de confiança nas palavras que fala!

Transmite um sorriso puro e alegre!

O seu entusiasmo é o empurrão para seguir a paixão!

Continue existe um caminho positivo!

Esquecer tudo o que já é passado!

Quem te procura é porque te ama de verdade!

Se não te procura, mostra que não te ama!

Coragem, levante-te, deus te ama!

A sua persistência vai valer a pena!

A vida é breve, o amor pode escapar das mãos!

Quando sonha com o seu maior sucesso, o universo entra em ação!

Se pensar em memórias antigas, poderá deixar de viver o presente!

O destino muda a sua vida, pode ser sorte ou azar!

Agora as escolhas partem de si!

Feche os olhos e abra a mente, para oso grandes sonhos entrarem!

Não apresse as coisas!

Há palavras que não serve a ninguém, são palavras negativas!

Ganhe um motivo para seguir a estrada da fortuna!

O sucesso é conseguir o objetivo!

Enquanto você, fala que o sucesso é ter dinheiro!

Os outros falam que o sucesso é ter sucesso!

Quando eu te vi, foi aí que eu percebi que era amor!

O futuro está nas tuas mãos!

A sua energia o leva a mover montanhas!

MINHA FORÇA ESTÁ NO AMOR!

O seu entusiasmo é contagioso!

Ele contagia as pessoas á sua volta!

Há novos encontros num futuro vindouro!

Cada um tem o seu jeito de amar!

A felicidade, está escondida nos lugares que nunca pensamos estar!

A felicidade, está nos pequenos gestos, nas pequenas coisas e no bem que praticamos!

Tenha uma ideia brilhante e entre no clube dos milionários!

Quando estamos esgotados de sofrer, será que vale a pena dar um tiro na cabeça!

Porque estamos esgotados de esperar, sem ver a luz ao fundo do túnel!

A força para dar certo, vem da esperança!

A fé me ajuda a construir um mundo melhor!

Para mim e para você, quero que sinta amor e felicidade!

Preciso viver dentro dos teus sonhos!

Com todo o amor, juntos fazemos a nossa realidade!

A mudança aconteceu na minha vida!

Minha força está no amor!

A sua teimosia, sempre vale a pena!

O amor é a nossa força, é uma energia positiva!

A falta de amor, gera uma energia negativa!

Nunca deixe que roubem a sua luz, o amor nos leva aproximar de deus!

Deus é amor, deus é a luz do mundo!

Quem anda com deus, nunca está escuridão!

Deus é a luz do mundo!

O medo derruba a fé, então porque temes?

Se dúvidas da fé que tens, sai da prisão te liberta do medo!

Se és uma pessoa que nunca desistes, ganha coragem e vence!

Nunca tenhas medo de pedir ajuda, alguém te ouve!

Vai confiante na direção que tens que ir!

Vive a vida que imaginaste viver!

Já fui um mendigo na rua, desde que olhei os teus olhos bonitos!

Olhava em todas as direções nunca via beleza em lado nenhum!

O teu amor, me fez ganhar uma riqueza enorme!

Só o amor ilumina todo o meu sucesso!

A tristeza chega depois de ser alegre, porque a negatividade acaba de nos derrubar!

Mil palavras positivas e uma única palavra negativa!

É o suficiente para derrotar a nossa mente!

É assim, que a nossa vida é feita de altos e baixos, é um processo que se equilibra entre risos e lágrimas!

O nosso ego precisa de ser preenchido, o espaço chamado de felicidade!

A felicidade é que dá sentido á nossa vida!

Para sermos felizes na nossa própria pessoa!

Tive um amigo meu, que me falou isto: a minha vida não faz mais sentido viver!

Perdi toda a minha fé, não tenho mais vontade de viver esta vida!

Salve o amor que ainda existe!

Para o amor, não há muros!

Todo o mundo esconde por detrás de uma vida perfeita, os seus maiores erros!

Existe uma história, que é muito triste para contar os seus segredos!

Mantenha a calma, se afaste para levar as coisas a bom termo!

Por favor não meta termo á vida como o meu amigo, passou deste mundo para o mundo vindouro!

Se há um problema, há uma boa solução, por favor peça ajuda!

A vida pede para você ser muito feliz, é tudo o que mais deseja ser!

O mundo é feio, mas você sorri com alegria!

Amanhã é um dia a seguir a hoje!

Sorri com a esperança de um amanhã melhor!

Sorri porque amanhã, vai ficar tudo bem!

MINHA FORÇA ESTÁ NO AMOR!

Sorri porque ama com o coração!

Não deixe nada, roubar o seu maravilhoso sorriso!

Esquece tudo, agora levanta a cabeça!

Hoje é um novo dia, deus te abençoe!

Segue para a frente, é que é o caminho!

Deus nunca desiste de si!

A saúde é a paz interior!

Todos os problemas passam, não gaste energia á toa, com pequenas coisas que não a levam a lado algum!

É um grande vencedor, depois de perder!

Não tem nada a perder e tudo a ganhar!

Continua na luta de ser um grande vencedor!

Agora imagine ser pobre, tão pobre, acaba de ter uma ideia feito pólvora!

Agora torna-se rico!

Hoje pode estar fracassado, amanhã pode ser um grande milionário!

De um dia para o outro tudo muda!

A vida começa a fazer sentido, quando percebemos que a qualquer momento, tudo acaba!

Acredite em você!

Acredite em si, seja qual for a circunstância em que agora se encontra!

A felicidade depende apenas de si!

O caminho pode nos trazer surpresas, algumas podem ser boas!

Enquanto outras sentimos medo!

Se nunca perdermos, nunca vamos saber o que é a vitória!

Se não estivermos tristes, nunca vamos saber o que é alegria!

Confie na sua intuição, a sua vida fica mais fácil!

Tudo há uma solução, porque acredita que há!

A fé realiza milagres, torna possível o que acha ser impossível!

Uma palavra com toda a fé, sei que alcança tudo o que mais deseja agora alcançar!

A vida pede paciência, espere na vida, sempre o melhor!

Lute para vencer, ou fica no meio de uma ilha!

Pensamento positivo, faz acontecer coisas incríveis na nossa vida!

O nosso cérebro trata de arranjar uma forma de chegar até nós o que queremos!

A força de um objetivo, temos que enfrentar todos os obstáculos e vencer com amor!

Pensar, pensar, controle os pensamentos!

Acredite na fé, que o seu cérebro, trata de arranjar uma maneira de alcançar!

Imagine, pense e sonhe!

Tome posição a fim de preservar os seus planos!

Se deixamos os pensamentos negativos derrotar a nossa mente!

É o que atraímos, a vida trás coisas más!

Vá além de todos os limites, melhor, tente, não se limite a nada!

Temos que abandonar, caminhos que hoje, não nos levam a lado nenhum!

Manda embora toda a tua tristeza com um lindo sorriso!

Saia da rotina, e procure lugares românticos!

O amanhã depende do hoje e o futuro é tudo o que fazemos agora!

O teu amor, alimenta a minha alma!

A nossa alma entende tudo o que o nosso coração sente!

A alma sente o que os nossos olhos não podem ver!

Se importe com a sua alma!

Uma memória viva no presente, o tempo em que sorrimos e também chorámos!

Aprenda a dar valor ao: eu!

A opinião de outras pessoas não resolve nada!

Se ame, a felicidade está dentro de si!

Fale agora, ame agora, abrace agora, dê o seu amor agora!

Depois tudo acaba!

Confie no caminho difícil da vida!

MINHA FORÇA ESTÁ NO AMOR!

A confiança a guia, no caminho certo!

O teu coração unido ao meu!

Se deixe envolver pela luz do amor, a luz é o que cura todo o mal no coração!

A vida nos pede um tempo, um pouco de paciência!

O tempo supera a nossa capacidade para resolver a situação!

Esperar é o resultado, para tudo na vida!

Quem tem paciência tudo alcança, quem não tem perde!

Porquê ter medo da morte?

Todos temos que morrer de alguma forma!

Pode ser natural, pode ser provocada, pode sofrer muito até morrer!

O nosso limite aqui na terra chega ao fim!

A nossa missão está cumprida nesta vida!

A morte nos leva para o outro lado, fazemos a passagem para o outro mundo!

Temos que aceitar esta verdade, porque é a nossa realidade!

Quando morremos o nosso corpo físico deixa de existir!

Quando alguém tira a sua vida, ela se encontra num estado depressivo!

Muitas energias negativas, passam na sua mente!

Os fantasmas, os demónios, os diabos, são energias muito pesadas e negativas!

Que a conduzem a cometer um suicídio!

É um ato voluntário!

É um corpo que permanece na escuridão, sem luz na sua ignorância espiritual!

Mete tudo a perder!

Supere hoje um padrão negativo!

Acredite na luz, acredite na fé que tem!

Se perdoe, deus te ama!

Jesus falou: vai em paz, que a tua fé te curou!

SAÚL FRAGOSO

Posso ser culpado, mas também se deixarmos o amor de deus entrar, podemos ser felizes!

Se culpe, se mate, assim nunca terá paz!

Nunca estará sozinha!

Eu estarei sempre lá ao teu lado!

No caminho pela vida, há sombras!

Aproveite a luz e saia da escuridão!

É um novo dia, a cada dia é um novo momento, é um novo instante!

Tudo num instante pode acabar!

Tudo num instante pode começar!

O amor, a felicidade, a paz e alegria de vencer!

Hoje é o dia de ser feliz!

O amor é a liberdade, é na amizade que tudo começa!

Eu te posso encontrar, hoje ou amanhã!

Nós, nos encontramos no amor!

Continuar na rua é um ato de coragem e fé!

Vencer o fantasma do medo, mantenha a mente sã!

Viver é divino, se alegre, hoje é mais um dia de vida!

A vida é a maior das bênçãos que deus nos pode dar!

Sem vida, não há o eu!

Eu sou a vida e a vida sou eu!

Hoje é um presente, por estar vivo, dentro de um corpo físico!

Pense na vida, ela é uma só!

A cada dia é uma nova oportunidade!

Faça o que a faz feliz!

Conduza a sua vida rumo á felicidade e não á guerra!

O mundo procura a paz de espírito dentro de si e não a guerra!

A guerra não é a solução para ninguém, perder a vida por culpa de alguém que é ignorante!

Quem faz a guerra é uma pessoa que vive na escuridão e não tem amor a si mesma!

Aproveite e desfrute a festa da vida!

MINHA FORÇA ESTÁ NO AMOR!

Cada segundo, viva intensamente como fosse o último!

A vida é feita de riscos, a sorte é para quem está disposto a conquistá-la!

A gratidão alcança a sorte!

A ideia capta a sua imaginação!

Pelo poder da imaginação, tudo é possível!

Quando eu mais precisava, você apareceu na minha vida!

Agora é o tempo de amar, tempo de viver!

Acredite no amor!

Nunca se dê por derrotado, vá adiante!

Ninguém é perfeito, sorria, enquanto sorri, acaba de aprender!

Só desiste quem não vê que a vitória está próxima!

No caminho colho paz, alegria e muito amor!

Ser feliz é viver uma vida cheia de sonhos!

É nas pequenas coisas que descobrimos o motivo para ser feliz!

Temos que saber escutar para depois falar!

Nunca desista!

O sonho de estar ao lado de alguém que me completa!

Só pode ser amor!

Se for para ir embora, que vá para bem longe!

Se for para amar, então que esteja bem juntinho a mim!

Dentro o meu querido coração!

A estrela da sorte brilha nos seus relacionamentos!

Que novos desejos, sejam vividos com prazer e amor!

O seu espírito pela conquista, penetra na sua mente!

Hoje é um bom momento para usar a sua criatividade!

Acho tudo muito estranho, o amor começa e também acaba!

Uma relação começa e também acaba!

Isto até me confunde, acho estranho, passa o tempo com uma pessoa, que ama, ao seu lado!

Comem juntos, dormem juntos, fazem tudo juntos, fazem tudo em comum!

SAÚL FRAGOSO

Como é possível, romper uma relação, depois tudo acaba!

Deixe de alimentar, desculpa, atrás de desculpa!

Deixe de falar que não tem sorte, sabe que ela está consigo!

Se a outra pessoa te enganar, o problema é da outra pessoa!

Se ela te voltar a enganar, o problema, já não é dela!

Agora o problema passa a ser teu!

Tudo o que me desejas de forma negativa!

Eu te envio todo o meu amor!

Te dando toda a paz dentro de ti!

Se a tua vontade é grande de me ver e falar comigo!

Então me procura!

Minha força está no amor!

Desisti de procurar o amor da minha vida!

A própria vida, trás a pessoa certa!

Refugiei-me no interior do meu silêncio!

O amor levanta o espírito e a alma!

Nada importa se te metem para baixo!

Possui dentro de si uma energia, que é muito poderosa!

Viva o amor, porque a energia do amor, o que atrai, segura, nunca mais larga!

Seja feliz, divirta-se, se você está cheio de problemas, fique feliz agora mesmo!

Faça a diferença, ultrapasse os obstáculos, ninguém consegue afastar você de toda a felicidade!

Cada vez que cai, há um novo recomeço!

Cada receio, tenha fé!

Mude o seu destino, através de novos conhecimentos amorosos!

Que nunca percamos a esperança!

Eu apenas quero ser livre!

Só quero ser apenas eu, sei que não posso ser uma pessoa perfeita!

Mas o destino se encarrega no tempo certo de trazer a felicidade!

MINHA FORÇA ESTÁ NO AMOR!

Faça da sua vida um divertimento, aproveite a felicidade, monte um negócio de sucesso!

Esteja no lugar certo, á hora certa e ganhe rios de dinheiro!

Isso só pode ser muita sorte!

Use a ideia que acha ser a certa e conquiste o coração do público, com toda a sua boa disposição e alegria!

Recomece pelo que é difícil, mas comece!

Arrisque, as oportunidades, continuam a bater á porta!

Se não abre a porta, elas acabam por ir embora da sua vida!

A vida passa, a nossa vida é curta, sem medo, vá atrás do que realmente importa, a felicidade é tudo!

Viva sem desesperar, do que possa vir acontecer!

O mundo não é perfeito, nós também!

Tudo na vida dá muitas voltas!

A vida destruída, é o principio de uma nova vida!

Temos que acreditar, nem que o dia, não seja como queríamos que fosse!

Devemos de agradecer, é o mínimo que podemos fazer!

Pode não estar bem, mas ao seu lado, pode existir alguém ainda pior que você!

No entanto o dia passa, para dar início a um novo dia!

Há coisas que não podem ser mudadas, se aconteceu, é porque tinha que ser assim desta forma!

A vida sempre dá um jeito, para tudo melhorar!

Quando pensamos que não existe mais a luz ao fundo do túnel!

Uma mudança, surge como um grande milagre em nossas vidas!

Nunca desista, nunca adie o sonho, pode ser tarde demais!

Caia, lute e persista!

Devemos de ignorar situações que nos perturbam a nossa paz!

O que mais quero é ser feliz!

O passado pode trazer alguns assuntos que requerem alguma atenção da sua parte!

Para poder traçar novos caminhos!

Quando encontrar o meu eu!

Descobre a paz de espírito que lhe dá a felicidade do universo!

Eu sou a felicidade!

A felicidade está dentro de mim!

A felicidade não há muito a fazer, tentamos encontrá-la por toda a parte!

Desperta quando olha para dentro!

Vai para o trabalho feliz na vida, pelo caminho vai desejando algumas coisas!

Passa o tempo a olhar as vitrines, vê sapatos ou casacos!

Vê um carro, que quer tanto e o deseja imenso!

Nem sabe como o vai comprar?

Quando o tempo passa, já nem se lembra!

Acaba por ter comprado o carro, nem imagina como?

O cérebro humano é um profundo mistério!

É preciso ter força de vontade, para entrar em ação!

Para conseguir chegar ao caminho do sucesso!

Corra atrás, transforme todas as suas ideias em dinheiro!

Viu-se perdido e sem planos na vida, é como estar num labirinto sem escapatória!

Não desista, você sabe que é capaz!

Seja a luz da alma!

Hoje é o teu dia da sorte!

Algo te fará rico!

As estrelas vão sorrir para você!

Vai atrás dos teus sonhos, se sabe o que verdadeiramente quer!

Nada o vai impedir!

Porque acredita que é capaz!

Começar do nada, é o principio!

Quando está na escuridão, procure a luz!

A verdade é só uma, se nunca estiveres em paz contigo mesmo!

MINHA FORÇA ESTÁ NO AMOR!

Nunca poderás estar em paz!

A cabeça dá tantas voltas, isso destrói a tua alma!

As más recordações te causam tanta dor de cabeça, de tanto pensar, ficas maluquinho!

Lamento, mas fazes bastante barulho!

No lugar do barulho, o mundo quer que tu sorrias!

É tão fácil ser feliz, e tu complicas tudo!

Passas o tempo todo a pensar em dinheiro?

Pessoas que apostam no jogo, nunca estão seguras de si mesmas!

O jogo pode ser de sorte ou azar!

Quando apostar, aposte no seguro!

O amor é o maior seguro, quando dá todo o seu amor!

O amor volta a si, tudo o que a pessoa pode procurar é ser feliz!

Tente ser feliz o melhor que puder!

A felicidade é o maior presente que deus nos pode agora dar!

Todos precisamos de amor, algo que nos alegre, dentro do nosso coração!

Algo que nos dê, paciência, força e muita esperança, para continuar com a nossa vida para a frente!

Cuide do amor, não deixe nada atrapalhar todo o seu amor!

Quem não cuida, perde!

O amor é o mais belo sentimento, que vive no seu coração!

O despertar de uma nova paixão o fará perder o controle!

Tenha a coragem de falar o que quer na vida!

O amor chega sem falar nada!

O amor só se vive uma vez!

O amor nasce e morre!

O medo de amar, a desconfiança, o medo de perder a pessoa que ama!

Quando existe o medo, não há felicidade!

Acordamos, nos sentimos sozinhos!

Temos que confiar em nós mesmos!

Você é o que pensa neste momento!

SAÚL FRAGOSO

Há duas diferenças, você anda triste com a vida!

E vê outra pessoa feliz na vida!

Você continua a cair na ruina e na pobreza!

Enquanto a outra pessoa que viu, a vida lhe sorri!

A vida lhe corre bem, ela continua a enriquecer!

Porque ela acredita em si mesma!

Tem confiança e fé!

Enquanto você tem muitas dúvidas!

É um homem pouca fé!

Como é que quer vencer na vida, se não tem fé!

Batalhe com força e muita alegria, não deixe morrer um sonho!

Encontre o caminho, precisa de ter coragem!

Deus nos utiliza, para nos mostrar o caminho!

Sabe que a vida lhe presenteia, você merece ser feliz!

Vá á luta, agarre com as mãos as oportunidades!

A força está no seu subconsciente, o poder está na sua mente!

Faz mover céus e a terra, até chegar á sua realidade!

Pelo poder da palavra, tudo é possível!

Não podemos depender de alguém!

A experiência é sua, viva para você!

O mais importante é viver a vida!

Abra a porta para a felicidade!

A felicidade é simples, aprenda a viver com tão pouco!

A alma se completa com a felicidade!

Tem de brilhar por dentro!

O céu brilha, nada vai estragar o seu bom humor hoje, sorria!

As pessoas que ama, estão em sua mente!

Envelhecer é a lei da vida, a ela ninguém foge!

Pensamos que vamos ser sempre novos, mas não é verdade, ao longo
do tempo a nossa vida, vai-se modificando!

Se ame, se apaixone pela vida!

Depois de se amar, ame quem você entender amar!

MINHA FORÇA ESTÁ NO AMOR!

Não se isole, poderá nascer uma amizade!

É na amizade que nasce um grande amor!

Se a pessoa gostar, ela volta a vir ter consigo!

Quando precisamos, nada importa, se é amor, a gente avança!

O amor não é a distância!

O amor está no ir!

Nunca tenha medo de se apaixonar!

Se a paixão está á sua porta, a convide a entrar!

Ela vai transformar todos os seus sentimentos em positivos!

Um novo recomeço, coloque aquele sorriso no rosto que tanto precisa!

Conquiste os seus sonhos com mais ânimo!

É um dia bom para surpresas!

Seguimos por uma rua solitária, perdido pelas ruas da vida!

Apenas quero encontrar o caminho!

A vida tem algo escondido para nos dar!

Nunca deixe os problemas que tem, interferir com a sua vida!

Sempre haverá um jeito de chegar a onde quer!

Encare a tristeza, siga rumo á felicidade!

A sua intuição, o vai guiar na direção certa!

A única forma de viver a vida é estar de bem com a vida!

Amando as pessoas, o amor é capaz de fazer toda a diferença na vida de uma pessoa!

Quando ama, você vê tudo mais claro, vê o que ninguém vê!

Desde que eu te vi, foi amor!

Amo-te mais a cada segundo, cada momento, vou-te amar mais hoje que ontem!

Sente que está no bom caminho, para a realização de um dos seus sonhos!

Tire um tempo só para si!

Desespero solitário, atreva-se a ser feliz!

Ganhe ânimo, tenha confiança, porque o seu coração quer ser feliz!

Espalhe amor por onde passar!

Espalhe amor a onde quer que vá!

Me sentei no sofá a ver um filme e me lembrei de ti!

O meu coração está em pleno deserto!

Há um tempo, quando você entende que quer tanto alguma coisa!

Se não reage e não correr atrás, a oportunidade, já passou!

Sorria, seja feliz, se a outra pessoa, gostar de si!

Vai querer partilhar, todos os seus sentimentos!

Se não gostar, tudo bem!

Sorria mais, se ame mais!

Faça hoje uma pausa na sua rotina, para evitar ficar stressado!

Siga a intuição!

Á pessoas que espalham todo o seu amor!

Elas não inventam desculpas!

Temos que renovar as nossas alegrias, por isso precisamos de ser feliz!

Esteja decidido, aproveitar as coisas boas da vida

O céu hoje está a sorrir para você!

Encare os problemas feliz!

A queda serve para nos ajudar a levantar!

Guarde os bons momentos, o resto cuide bem deles!

Não precisa de queimar a memória, para se livrar de alguns fantasmas!

Deixe ficar apenas as lembranças boas!

Se o amor não brilha mais, não faz mal!

Troque, tal como uma lâmpada que está queimada!

A solução está na fé, deus é o nosso triunfo!

Deus nos guiará e nos orientará, para os problemas da vida!

A solução está em seguir em frente!

Eu não perdi, mais o meu tempo, segui a estrada que me leva ao coração!

Escute o coração, busque a resposta, entre no interior do coração!

MINHA FORÇA ESTÁ NO AMOR!

Ele bate tão forte, ele bate de amor, ele bate loucamente cheio de paixão!

Quando o amor é verdadeiro, não é a falta de dinheiro que impede de estar com você!

Quando é amor a pessoa, vai atrás de si, esta é a mais pura realidade!

Quando se trata de negócios, sendo bem feito, resulta em sucesso!

Como também há fracasso!

O amor te encontrou, já estava destinado!

Vivemos a vida como ela nunca tivesse fim!

Mas ela acaba, a velhice também chega!

Ainda dá tempo, para viver intensamente!

Quando estamos presentes na presença de alguém que não nos valoriza, o melhor, é dar o fora!

Não estar á espera de nada, acho que é o melhor!

A vida acontece, ela sempre se ajeita!

Ouça a voz que vem de dentro da sua cabeça!

Há armadilhas financeiras!

Hoje é dia de ser feliz com um bom dia cheio de muita felicidade!

Deus reside dentro do seu coração, é lá que está todo o seu amor!

Minha força está no amor!

Enfrento as curvas da vida!

Alegrias e tristezas, altos e baixos!

Estar num beco sem saída, temos que ponderar as hipóteses!

Penso que nada nos faz voltar atrás!

Hoje é um bom dia para cuidar dele, amanhã é tudo incerto!

Deixe as energias negativas e as tristezas para trás!

Ser positivo é ser alegre!

Acredite e realize o que deseja!

Não espere que chegue o dia da sua morte!

Pare de esperar, reaja agora mesmo!

Nunca espere pela pessoa perfeita, para se apaixonar!

A vida é hoje!

SAÚL FRAGOSO

Ame verdadeiramente a vida, ainda dá tempo!

Está mais calmo e confiante, estar em paz consigo mesmo!

As respostas chegam sem muito esforço!

O desafio na vida é encontrar o nosso equilíbrio!

Pode ficar angustiado, se estiver sem fazer nada!

Se trabalha demais, pode ficar angustiado!

Faça as coisas que mais ama!

Vai construindo um universo aos poucos, a onde se sinta bem consigo mesmo!

O amor não é apenas palavras!

O amor é sentido no coração!

O amor é o sentimento que você transmite como verdadeiro!

Que a gratidão seja maior, que nunca falte amor, gratidão e fé!

Por muitas voltas que eu dê na vida, sei que eu vou morrer!

Para vencer, deve de agarrar a oportunidade que lhe dão ou se vai arrepender para o resto da vida!

Se não agarrar, não se venha depois queixar que a vida não presta!

Acredite na sua felicidade!

Eu sou a onde estou!

O importante é continuar, a esperança é sempre uma janela que abre no meio do desespero!

O sonho não espera por ninguém, vai atrás dele!

Tudo tem um fim!

O meu maior desejo é seguir o caminho para a minha fortuna!

Ser um trabalhador que ganha o seu dinheiro a conta gotas!

Há quem ganhe dinheiro rápido!

Quando criámos algo, a magia acontece dentro de nós!

A sorte inesperada em todos os aspetos!

Use e abuse da sua criatividade!

Pare e pense, mantenha em processo o seu foco!

Evite conflitos, tenha mais confiança nas suas capacidades!

A corrente do pensamento, corre a seu favor!

MINHA FORÇA ESTÁ NO AMOR!

A boa energia, agora positiva, aproveite este momento, para investir no seu objetivo que está em mente!

Estou feliz, porque todo o teu amor, me traz, muita alegria!

O ano começa sempre com uma nova chance, nova luz, cheia de esperança que tudo vai mudar!

Quando entramos no silêncio, a vida se apresenta com algo de bom!

É algo que desejamos que seja realizado!

Você terá sucesso!

Agora que chegou tão longe, no meio do caminho, dúvidas do passado ressurgem, as memórias, metem tudo a perder!

Hoje pense no futuro e siga a estrada!

A felicidade não está no dinheiro!

A felicidade, está nas coisas que mais ama fazer!

Tive que seguir um rumo certo, algum lado vai dar!

Levo comigo as memórias do passado e do presente!

Levo as dores, levo as minhas maiores alegrias!

Hoje entendi que a vida vale a pena!

Você tem uma visão clara, poderá agir mais livremente!

Se nunca arriscar, pode meter tudo a perder!

Sempre desejei ser um feliz milionário!

Caminhei muito tempo, sempre por um caminho sem ter a oportunidade que me levasse a ficar milionário!

Cada coisa acontece, é uma história para viver, não podemos adiar o nosso sonho, a vida é curta!

O momento é agora, um dia a doença te levará embora deste mundo!

A vida tem um propósito, hoje tem uma nova oportunidade para o concretizar!

Se tem o desejo de ter uma empresa, pense no lucro, o resto não importa!

Sem lucro é uma empresa falida!

Se nunca seguir o seu sonho, vive sem alegria, corre o risco de viver uma vida cheia de insatisfação!

Porque não está agora a fazer o que mais gosta!

Se é uma pessoa alegre e feliz, a magia da vida o faz uma pessoa maravilhosa!

Corpo, alma e coração, assim os seus olhos sorriem!

O mundo é você e você é o mundo!

E o mundo vive no seu coração!

Ser alegre é amar ao próximo como a ti mesmo!

Olhe um pouco além de si, nem imagina a beleza de pessoa que é!

Temos que manter um bom humor!

O nosso eu, habita e precisa de um corpo!

O eu está no interior do nosso corpo!

Deus escolheu você para o ajudar, a ultrapassar os seus problemas!

Deus é a sua salvação, sem deus não há outro caminho!

Deus é a voz divina e a salvação de todo os seus pecados!

Quando pede perdão, todos os seus pecados, ser-lhe-ão perdoados!

O que mais deseja é encontrar a paz de espírito, é um estado mental!

A paz de espírito, o amor a felicidade, a riqueza, a prosperidade!

Tudo está no poder mental da sua mente!

Você vai alcançar a meta!

A sua visão no amor, está a passar por uma mudança!

Precisamos de muita luz na nossa vida!

Saúde para o nosso corpo se sentir em forma!

O nosso coração se sente grato pelas alegrias!

Hoje é um novo dia, é uma nova página em sua vida!

Pode se afastar de todo o mundo, só para ficar sozinho!

Isolado, se afasta dos amigos, se afasta da família!

Que raio de vida afinal você tem, que não fala, não convive com ninguém, nem sai para não gastar o dinheiro, a pensar que o vai levar no caixão para o outro mundo!

Para tudo mudar, temos que ter força de vontade!

O caminho nos leva a sacrificar, em busca das respostas que procuramos!

MINHA FORÇA ESTÁ NO AMOR!

Remove aqueles sentimentos que não te fazem falta!

Te livra da preocupação!

Te livra dos medos que impedem a tua vida de andar para a frente!

O passado já não fazemos mais parte dele!

A minha alma tem memórias do passado e do presente!

O hoje trouxe um novo presente, ontem passou a ser o passado!

O que deus nos dá é para toda a vida, é eterno!

O que o mundo nos dá, um dia também nos tira!

Sonhos velhos podem ser a sua realidade!

Se sente atraente, tudo é possível hoje!

O retorno do passado, e um obstáculo pode deixar de existir!

As mudanças lhe trazem sorte!

Que as próximas horas, todos os seus pensamentos sejam positivos!

Leve a paz no coração!

Que a fé te acompanhe em seus objetivos!

É preciso paz no coração, para acalmar a nossa alma!

Agora que já abriu este livro, já não há como voltar para trás!

Só há um caminho ou desistir de ler!

Porque acha que este livro não vale porcaria nenhuma!

Ou continua a ler, sabe o que o despertou, algo dentro de você!

Continue o caminho hoje, siga o que é novo, para a prosperidade e para a paz interior!

Siga o caminho espiritual, que a faz mais feliz e realizada!

Sonhos antigos lhe trazem ideias positivas!

Hoje eu vou com um sorriso!

Hoje eu vou com fé no coração!

O amor é poderoso, ele resiste á distância!

Sem perdoar, não há amor!

O teu jeito de olhar não dá para fingir!

Quando perdoa pode construir um mundo melhor!

Abandone o medo de viver, se liberte dos apertos!

SAÚL FRAGOSO

Leve um sorriso, vive o hoje, tenha a vontade de espalhar as coisas boas da vida por aí!

Aproveite a cada dia, aproveite a cada época, aproveite a cada hora, tudo o que puder!

Com confiança e otimismo, para levar a vida para a frente, sem olhar para trás!

Pode ser tudo o que deseja ser!

Um dia de cada vez, seja grato, por eles chegarem até você!

Não importa o que aconteça, nunca leve tudo muito a sério!

Tudo muda em questões de segundos!

Todos os minutos que sejam de muita alegria!

Todas as horas que passam pela sua vida, que sejam repletas de muito amor!

O erro é uma lição que aprende!

O que nos falta na vida é o amor!

Quando o encontramos é que damos por ela!

Quando damos todo o nosso amor, mais ele volta a ter com nós!

Sabia que pode fazer mais do que imagina!

A vida é cheia de obstáculos, logo pensa em desistir!

Porque pensa que não consegue vencer!

Cada obstáculo, conquiste com carinho e amor!

Supere o medo e ganhe a coragem para vencer!

O que você é agora, mais ninguém é!

Não duvide de si mesmo, enfrente o medo do fracasso!

Acredite em si mesmo!

Deus nos dá a solução!

Deus, guia os nossos caminhos!

Só eu posso escolher os passos que vou dar neste momento!

Tudo chega no seu tempo!

A felicidade é continuar a sonhar!

Viva agora, o futuro continua a ser tudo incerto!

Deixe os outros tempos, a onde eles têm que estar!

MINHA FORÇA ESTÁ NO AMOR!

Viva o hoje que é o único momento!

A vida é para ser vivida!

Enquanto eu trabalhava, eu cantava para dar voz!

Cantava de alegria, cantava para esquecer, cantava para me mover, cantava para me animar.

Enquanto cantava eu esquecia os problemas!

Hoje carrego em mim toda a fé!

Carrego lá no fundo da minha alma, boas energias!

Me afasto das más energias!

Busco o bem, levo um lindo sorriso nos lábios!

A minha alegria, conquista as coisas boas!

Só a felicidade sobrevive ás coisas más!

Eu amo, porque rio!

Sou feliz, porque tenho imenso amor no interior do meu coração!

Sou feliz, porque escolhi ser eu, simplesmente eu, sou feliz!

Qualquer ideia, pode surgir dentro de uma mente brilhante!

Busque o sucesso, ponha mãos á obra!

Seja o que você imagina ser!

Seja o que ninguém pensava, agora ser, uma pessoa com talento!

Com sucesso, que acaba de ganhar uma grande fortuna!

O resultado surge, quando acaba de ter uma ideia brilhante!

Prefiro ser feliz, posso não ter muitas coisas, nem muitos luxos!

Mas eu tenho uma coisa, sou feliz!

O que eu sinto, mais ninguém sente!

Posso amar o máximo que eu puder!

Mas eu não posso amar, pela outra pessoa!

A fé use e abuse dela!

A fé é para conquistar o impossível!

Vá confiante, leva a esperança no interior do seu coração!

A fé é a proteção contra todos os obstáculos!

A fé derruba qualquer barreira!

Leva o amor dentro do teu coração, sorri!

Leva a fé que é a luz do teu caminho!

A vida pode estar difícil, o desânimo e as derrotas!

Está lutando pelos seus objetivos, com coragem e determinação!

Mantenha os olhos bem abertos, amar é mais que uma arte!

Quem gosta de verdade, aguenta as crises consigo!

Nos maiores momentos de tristeza, ela sempre vai estar consigo do seu lado!

Sem medo, vá em frente em busca do seu melhor!

Sem receio do que possa encontrar pelo caminho!

A esperança, o amor, a cada derrota, festeje a vida!

A vida é o único lugar para ser feliz!

Quando é feliz a vitória surge, sem esforço!

Sei que você teve um fracasso, tudo bem!

Agora entenda e perceba a realidade!

Nós não somos perfeitos, esta é a pura realidade!

A vida nos dá novas oportunidades!

Eu sou o passado, eu sou o presente, eu sou o futuro!

Hoje continuo a ser o que eu fui ontem!

O nosso fim é receber uma triste notícia!

Tudo por causa de uma doença que já não há solução!

Mete tudo a perder!

Todos os nossos planos, vão por água abaixo!

O medo nos faz enfraquecer, a nossa passagem está próxima!

Aceitar o medo de morrer, entramos numa tremenda dificuldade em olhar os olhos!

Os bens materiais é o que tenho no interior da minha casa!

Não é o sucesso!

Dia após dia, momento atrás de momento, conseguiu investir em alguma coisa que a faz feliz?

Investiu o seu tempo no sucesso que tem hoje!

Passou o maior tempo, a se enganar a si mesma de ser feliz!

MINHA FORÇA ESTÁ NO AMOR!

Se esqueceu de investir na verdadeira felicidade que é sentir toda alegria no coração a fazer o que anima!

Sinta que faz parte de um círculo de bons amigos, cultive boas amizades!

Que bom, hoje se sente bem consigo mesma!

Estar próxima de outra pessoa a deixa mais feliz!

Hoje abri as janelas do meu coração!

Para boas energias entrarem dentro de mim!

Para que as minhas forças vençam cheias de muita esperança!

Para recomeçar este novo dia onde parei!

Acredito que nos bons sentimentos que são verdadeiros e genuínos!

Quando os sorrisos são dados de boa gentileza!

A vida é seguir o rumo certo!

Siga o rumo que a faça sorrir de novo, que as lágrimas virem sorrisos!

O melhor é nos libertar do que nos deixa tristes!

Não continue em becos que não têm saída!

Fuja, dê a volta por cima, deus nunca vai desistir de você!

Ele o leva á sua vitória!

Está no caminho, para não se deixar abater!

Não ponhas á tua frente o que é complicado!

Deixa a luz ser o teu sol interior, que brilha de dentro para fora, que ilumina a escuridão!

Põe luz no que fazes, acredita na fé e confia no futuro!

Os mais fortes, também vão a baixo!

A luz da esperança é divina é o que te dá a força!

Nunca é tarde demais!

Tenha hoje uma vida que se orgulha e a deixa muito feliz!

Tenha a força para começar tudo de novo, nem que seja do zero!

Você que é viciado, rouba de qualquer forma, para poder satisfazer todos os vícios que tem!

Entra em bairros que tem alegria e muita paz!

Você consegue espalhar o medo e o pânico!

SAÚL FRAGOSO

Quem mora nestes bairros, vivem com medo de serem assaltadas!

Ser ladrão, será que compensa?

As escolhas dependem de si!

Ser ladrão ou não?

Fazer o bem ou o mal, só você pode escolher o caminho que acha ser o certo!

Se acha que a vida é fácil, ela é fácil!

Se acha que a vida é difícil, ela é difícil!

Quem anda no caminho do mal, vai acabar mal!

Quem segue o caminho do bem, acaba bem!

Se o sofrimento o visitar seja mais forte!

Ninguém consegue progredir a fazer o mal!

A derrota ou a vitória, é a escolha que decidir fazer!

Se não abre a porta ao amor, perde!

O amor bate á sua porta de várias formas e circunstâncias inesperadas!

Viver o passado é uma porta que não abre!

Para entrar no futuro, deixe para trás todo o passado!

Refresque as suas ideias, para agora poder avançar!

O amor vem de onde menos esperamos!

O amor é um sentimento maravilhoso, quando o sentimos dentro de nós!

O amor pela outra pessoa!

O amor está nas pequenas coisas!

O amor é gostar, é confiar, o amor é ouvir, escutar com o coração!

A paz é o caminho!

Busque a paz de espírito, só assim atingirá os seus objetivos!

Muita paz e prosperidade para você!

Nada é impossível no meu caminho, quando acreditamos tanto!

Eu agradeço a deus, na estrada em que sigo, eu consigo!

Deus é comigo em tudo o que faço!

Estar sem você, um dia!

MINHA FORÇA ESTÁ NO AMOR!

O dia se torna triste!

Um novo instante chega para mudar tudo!

Temos mais uma vez a oportunidade para voltar a amar de novo!

O amor é sentir a liberdade de amar!

Com gratidão e muita alegria no interior do nosso coração!

Hoje foi um novo dia ao qual eu sobrevivi!

Alguém me bateu na porta e falou que era a felicidade!

Um dia acaba, o que já foi bom!

Algumas pessoas, pensam que eu perder, para elas é ótimo!

As pessoas mudam, tudo por causa do dinheiro!

Aproveite o dia de hoje!

Deixe para trás, o que deu errado, hoje tem a oportunidade de aproveitar o momento!

A fé é a luz da esperança e do amor, é uma luz que fica acesa na sua vida!

O coração é uma enorme pedra, quando fica com uma vida toda destruída e não tem a onde viver!

Que aconteça no teu olhar as luzes brilhantes da felicidade e do amor!

A hora é agora!

Viva, levante, lute, o importante é valer a pena, viver a vida!

Tente, chore, se alegre, mas sorria!

A gratidão é tudo o que desejo para mim como também para ti!

A gratidão pela vida, a gratidão pelos nossos sonhos!

A gratidão por ser feliz!

Dia com algum movimento, no meio pode entrar num novo relacionamento!

Não há mais nada que acrescente á nossa vida!

Esteja pronto, para mover montanhas, com o seu estado de espírito alegre e otimista!

Compense todo o tempo perdido!

Tenho ideias estupendas de ser um grande milionário!

SAÚL FRAGOSO

Tenho a mania de pensar em grande para ser grande!

Até pode ser uma grande parvoíce minha, pensar desta forma!

Imagina só, se eu pensar pequeno para ser pequeno!

Tudo fica no mesmo lugar!

Sei que ando com a cabeça nas nuvens!

Tenho uma inteligência infinita que deus me deu!

Que tem uma grande sabedoria, tenho pensamentos inteligentes, penso como um grande sábio!

Está cheio de otimismo é uma boa hora, faça planos e realize um jantar á luz de velas!

Gosto de sentir o teu corpo no meu!

Gosto de ouvir no silêncio as nossas almas!

Guardo comigo as memórias de certas conquistas!

O amor ardente enche todo o seu ser!

É um bom momento para avançar com todos os seus desejos!

O seu poder sedutor, hoje está em alta!

A paz, o amor e a esperança é tudo o que desejo!

Por onde eu passar, que haja amor e paz!

Que hoje o dia esteja do meu lado!

A pessoa é o que marca em você, todo o amor!

Que essa pessoa se torna especial, que é capaz de amar a todo o custo, você!

O passado é a alma a onde nos lembramos!

O correr do dia, talvez o atraso, tenha sido o destino ou acaso a lhe dar um sinal!

Aproveito ao máximo a paz e a tranquilidade!

As boas noticias estão aí no ar!

Nascemos para ser feliz!

Deixo a tristeza correr feito uma lágrima!

Agora quero nascer de novo, cada dia é um novo nascimento!

Cada dia que passa a vida lhe ensina alguma coisa nova!

Hoje é uma nova pessoa, melhor que ontem!

MINHA FORÇA ESTÁ NO AMOR!

Encontre a felicidade em si, siga sem depender da outra pessoa, para ser feliz!

Quando sentires a minha falta me procura!

Já nem vale a pena te procurar, nem correr atrás!

Se me amas, sabes que existo no teu coração!

O amor precisa de carinho, o amor precisa sempre de muito amor!

Quem deus tirou da minha vida, já é passado, não vale a pena lutar!

Nunca vai dar certo, voltar ao mesmo relacionamento!

A confiança, já não é a mesma!

Imagine que gasta o que não tem!

Quer ter algo que depois, se apercebe que na verdade não presta!

Continua na ilusão de mostrar á outra pessoa, aquilo que na verdade não é!

Sabe o porquê?

Continua a se endividar, a mostrar aquilo que não é!

Anda com um carro de luxo, chega a casa, tem uma carta, com as prestações atrasadas!

Tem a casa em dívida ao banco, pede dinheiro emprestado e não paga!

Vem se gabar, para a frente de todo o mundo que é o maior!

Tem uma vida, que não corresponde á realidade em que vive!

Vive uma vida cheia de mentira!

Tenho muita pena, mas acaba de ser tudo descoberto!

O trambolhão vai ser enorme, um buraco sem fundo!

Minha força está no amor!

Se sente frustrado, infeliz, derrotado, tem uma mente que vagueia pelos quatro cantos do mundo!

Numa tremenda confusão, persista na mesma!

Sempre, até que um novo dia, chega para mudar tudo!

O dia é positivo!

A vida se encarrega, o melhor sempre está por vir, se alegre!

Viva somente o agora, aceite o presente, a vida acaba de te dar o agora!

Construa um futuro cheio de muita alegria e felicidade!

Do passado, apenas fique com as coisas boas, o resto esqueça tudo!

Se ame, nenhum amor é mais verdadeiro que todo o seu amor-próprio!

O presente é o melhor momento!

Desde que me passei olhar ao espelho!

Descobri como eu sou bonita e atraente!

Quando nos apaixonamos pela primeira vez, tudo muda!

É um sentimento que bate no fundo do nosso coração!

É um amor que sentimos, que a outra pessoa, vai ficar com nós para todo o sempre!

Siga novos sonhos, com uma alma nova e renovada!

A nossa alma é sempre viva, nunca envelhece, ela é eterna!

Não precisa de seguir padrões!

Siga a sua intuição!

Sempre existe um caminho!

A felicidade só entra, quando deixa as portas abertas!

Tenha a coragem e a força, pode expor as suas ideias!

Para o sucesso é preciso ter sorte!

Para ter sorte, é preciso amar o que faz!

A sorte dá trabalho, se nunca fizer nada!

Não acontece nada!

O mundo abre novas portas, com novas possibilidades!

Quando entra no mundo do trabalho!

Cada passagem, cada momento, escolha, portanto o que é bom!

O bem, escolha o que é bom, o seu coração agradece!

Se ame, em primeiro lugar, se ame!

Vá com força e determinação, tudo vai dar certo!

Hoje o seu dia é animado, isso reforça a sua confiança!

Um dia será o grande amor, na vida de alguém!

MINHA FORÇA ESTÁ NO AMOR!

Pensamentos que a nossa vida, não vai ter fim!

Tudo acontece em segundos, sem ter tempo para se despedir!

Agradeça, ame, perdoe, faça o bem!

Deste mundo, não leva nada!

O amor é um milagre que acontece dentro de nós!

O amor nos deixa perdidos!

O amor nos aproxima!

O amor nos deixa!

O coração e o amor, é, o maior tesouro que possui!

Dentro dele pode encontrar a sua maior felicidade!

A felicidade não se compra, em lado nenhum!

A sua alma lhe diz alguma coisa, escute com atenção!

Quem tem fé, sabe que nunca se encontra sozinho!

Diga adeus ao passado, se desapegue das coisas que lhe prende!

Busque novas pessoas, novos sonhos, esqueça o que é ruim!

O amor é divino, com deus tudo pode!

Pegue na sua fé e vá, e vá!

Sabe que o milagre é o resultado daquilo em que acredita, a fé!

A força na fé, faz o milagre acontecer!

Tanto se esforça, as pessoas lutam, para depois morrer!

A tentando ser feliz, quando a porta abre para ser feliz, mete tudo a perder!

Que deus te salve de tamanha loucura, que a luz brilhe sobre ti agora!

Deus te abençoa!

Eu sou louco pelo teu amor!

O melhor é saborear os prazeres que a vida nos dá!

Sorri de amor!

O seu destino é amar!

Você é capaz de amar profundamente!

Não há outra saída, o amor é o único caminho!

Ou ama ou fica para trás!

Nós nascemos para o amor, viva a vida descontraidamente!

Ter você é a minha sorte, é o meu motivo!

Dar o seu amor é a força que atrai o seu amor até a mim!

Se acredita bastante em ter um resultado muito feliz e alegre!

Acredita que nós iremos alcançá-lo!

Tudo o que deseja agora, está a sua espera!

Se é riqueza ou felicidade, só temos que querer as coisas boas da vida!

Agora pense comigo, ninguém é pobre por azar, ninguém é rico por sorte!

Tudo o que nos acontece, está na mente de uma pessoa!

Que bom que é, amar você é como descobrir a minha maior riqueza!

Sabes que te vou amar, hoje, amanhã e no futuro!

Desde que aprendi a sorrir, passei a ser mais feliz!

Rir só faz bem!

Rir até da própria sombra, é uma excelente energia para se sentir no reino dos céus!

Pensa muito no amor e no fim não ama!

Ama, quem deixa o amor entrar!

Há no interior do seu coração uma força infinita que pula de vitória!

Abra os olhos, eu acho que gosto muito de ti!

Ame antes que percas o que tens ao teu lado!

Avança em frente com a tua vida!

Recomece, abra novos atalhos, recomece, quantas vezes forem necessárias!

Nem imagina que passa tanta coisa com a gente!

Acontece tanta coisa, acredite persista, sinta o bater do seu coração!

Ou dá cabo da sua vida amorosa, ou então salve-a!

Faça um esforço pode ser que resulte!

Seja qual for a partida, hoje levamos todo o amor com nós!

O meu coração está aberto ao amor, eu amo, e também sou amado!

Eu sou maravilhosamente alegre e todos me amam, hoje, amanhã e sempre!

Alegria é sentida no coração é capaz de derrubar toda a negatividade!

MINHA FORÇA ESTÁ NO AMOR!

O dia fica melhor, quando sorri mais!

A esperança existe!

Obrigado deus, por hoje, nunca desistir de mim!

Procure ser feliz em todas as situações!

Nunca se deixe levar pela tristeza!

Aproveite hoje, para conquistar o que tanto sonhou!

Ainda dá tempo, hoje é a hora certa para fazer acontecer!

Nem eu sei o que possa acontecer comigo!

Ser eu, me amo do jeito que sou, não sei amar de outra forma quem eu sou!

Mereço ser feliz, a felicidade, está á minha espera, ela me quer encontrar!

Escolher errado, é sofrer por algo que não vale a pena!

Por isso é que eu corri, eu fugi á situação!

Não adianta continuar, quando não dá mais!

O mundo é um deserto, quando não temos amigos!

Quando não temos ninguém para partilhar os nossos sonhos!

É triste, mas é a pura realidade!

O que a impede de ser feliz?

Aproveite a cada segundo, sem estar a depender de ninguém!

Para agora ser feliz!

O que não vale a pena, não se prenda a nada!

Deus te livra, o desafio é superar o sofrimento!

A coragem está dentro de nós, até ser encontrada!

Olhe para o seu lindo coração, o tamanho da sua dor, é normal agora estar triste!

Agora é o momento de respirar fundo!

Pense com muita calma, em tudo o que está a acontecer á sua volta!

Superar vem de dentro de si, o sol brilha, dê o passo certo!

Uma coisa de cada vez!

Pode escolher a forma como superar o seu próprio dia!

Nunca desista de ser feliz!

Apesar de todas as situações, todas as pessoas têm problemas!

Uns podem ser fáceis de resolver, enquanto outros pode nunca ter fim á vista!

É mais forte do que imagina ser!

Você é uma pessoa cheia de bastante entusiasmo!

Acaba por contagiar as pessoas á sua volta com toda a sua alegria!

O sucesso é poder estar a onde quiser e fazer o que quiser!

O sucesso é conseguir o objetivo!

Quando não se importa mais, com nós, dá para entender e perceber bem!

Seja forte, mantenha a cabeça erguida!

A vida nos mostra um caminho e nos diz que não devemos de baixar a cabeça!

Mesmo que eu fraqueje, ser vítima das circunstâncias, não resolve nada!

A força está dentro de mim!

Os momentos são tão difíceis, mas eu acredito que posso superar!

Há um deus comigo que me salva!

A vida é viver, o hoje é o reflexo de ontem!

Você que reclama muito, sorria!

Ter um bom sentimento cheio de felicidade, ajuda a aumentar mais os nossos anos de vida!

A felicidade, atrai a boa sorte, quando está feliz!

A vida é maravilhosa, a vida nos surpreende a qualquer momento!

A vida nos abre uma nova porta, a onde um grande sonho se realiza!

Sou o que sou no amor, quando te vejo, aprendi a te dar todo o meu carinho e amor!

Nós dois entramos numa grande aventura que é o nosso amor!

Acredito que mereço estar nesta relação!

Sou o íman que atrai um grande amor!

Ser feliz é encontrar a força no amor!

Sentir o medo é um inimigo no amor, que rouba a felicidade!

MINHA FORÇA ESTÁ NO AMOR!

Vivo hoje para te amar, sei que o amor não tem garantia!

Desperdiçar a vida, ela pode estar no amor!

A felicidade, a dor, o sofrimento, o amor, são caminhos que descobrimos tudo isso dentro de nós!

Ser feliz, sentir a necessidade de um lindo sorriso!

Assuma ser divertida na sua relação!

A vida é um passo cheio de esperança!

Um abraço forte é tudo o que eu preciso!

Um abraço que me liberte de toda a minha angústia que sinto!

O que não te faz feliz, abandone agora mesmo!

O que te deixa triste, já não há mais nada a fazer!

A única coisa que podes fazer é abandonar!

Transforme todo o seu mundo, seja confiante!

Faça o que antes não tinha coragem!

Saia do lugar, do medo e ganhe a coragem, para fazer o que dá mais sentido á vida!

Hoje olha para trás, nem acredita que conseguiu, realizar tanto uma coisa que desejava tanto realizar!

Estar vivo, é o primeiro ponto!

Hoje se sente mais forte e cheio de energia positiva!

Siga um novo horizonte, conquistando as suas vitórias!

Para si o que a torna mais feliz, a família, o dinheiro ou os bens materiais?

Para mim o que me torna mais feliz, é saber que estou bem comigo mesmo!

Com deus e com todo o mundo!

A sorte hoje está do seu lado, para virar as coisas a seu favor!

Pense nos seus próprios objetivos!

Evite pessoas negativas, escusam de gastar toda a sua energia!

Minha força está no amor!

Pensamentos de amor, podem ser sentidos em qualquer pessoa!

O amor é uma energia que está na mesma frequência que a sua!

SAÚL FRAGOSO

O amor pode ser sentido em qualquer lugar do mundo!

Sonhava alto, nem imaginava o que poderia acontecer!

Você é uma pessoa com grandes sonhos, leva uma confiança enorme dentro de si!

Todos olham em si e pensam que é um caso perdido!

Faça você mesmo!

Reaja que por detrás de uma derrota está o grande sucesso!

Depois que está encostado á parede, novas soluções surgem!

A sorte está consigo, decidiu-se ser rico!

Não pense demasiado, arrisque!

Se entregue completamente á nova relação, ou perde a viagem!

A coragem está no tentar de novo!

Cada amor passa pelo sofrimento!

Cada amor passa pela luta!

Cada amor passa pela vitória!

Quando o amor é verdadeiro, o amor é eterno!

Cada um de nós, sente o amor na forma como quer sentir!

Viver um amor verdadeiro, viver um amor sem medo!

O amor quando é feliz, não se deixa intimar pelas dificuldades!

Todo o seu amor, está acima de tudo!

Amizade quando é verdadeira, seja na alegria ou na pobreza!

Na amizade, você partilha os bons sentimentos no meio da tempestade!

Amizade lhe dá a mão que a faz brilhar, aquele verdeiro amor!

Amizade é o que nos faz mover!

A sorte o ajudará, se sinta um aventureiro!

O seu otimismo, faz olhar o lado positivo!

Mantenha o otimismo e arrisque!

Use a força de vontade, acredite nela que vai conseguir!

Nada é mais forte que a sua vontade!

Ter motivação, supere cada situação, seja livre!

Por agora, chega de tristeza, espere o momento para amar!

MINHA FORÇA ESTÁ NO AMOR!

Nunca perca a fé, aguente, sem comparar ás outras pessoas!

O nosso destino é traçado pelos nossos pensamentos!

Os nossos pensamentos, são as plantas que semeamos!

As raízes da prosperidade é a força do pensamento!

Acredite, visualize, um lugar que lhe traz a felicidade para dentro de si!

Se imagine na luz, rodeado de luz, cheio de luz!

Sorria agora, para si e para todos!

Deus é a energia do amor!

Persiga a luz do dia, vencer é o limite!

Hoje é o limite, viver mais um dia, com alegria e motivação!

Deixe o tempo para trás!

Há duas coisas que ninguém foge é ao nosso amigo imposto, ele está sempre a bater á nossa porta!

A morte é a lei da vida!

A criminalidade resulta em muitos casos, na morte!

Precisa de seguir em frente, sem se deixar intimidar, por outras pessoas que passam a duvidar de si!

O tempo certo virá, sem apressar o passo!

Acredite que depois o sol brilhará!

Deus está contigo, nunca te vai abandonar!

Você vence na vida de forma a dar a volta por cima!

Eu vou estudar, se os outros conseguem, eu também consigo!

O importante, é vencer, se as outras pessoas, se dão bem com os negócios, elas são pessoas como eu!

Eu tenho o mesmo valor que elas!

Eu também consigo, quem pensa que pode, acredito que pode!

Porque eu acredito no meu sucesso!

Aprender é viver com harmonia e amor!

Já te falei que és inteligente, tu podes!

O impossível agora é possível, com deus, tudo pode!

A boa sorte, passa por cima de todo o mal que acontece consigo!

Graças a deus, mal nenhum me acontecerá!

A minha sorte está acima de tudo!

O que mais desejo, é que toda a sorte, agora está comigo, assim é, e assim será, toda a minha sorte!

O momento certo para tudo acontecer na minha vida é agora!

Graças deus, todas as portas se abrem para todos os meus sonhos!

Quem acredita hoje em mim, sabe que eu sou determinado sem cruzar os braços!

Nunca desisto de tentar até conseguir tudo o que eu quero!

Nenhuma pessoa vence, se nunca tentar de novo!

O amor atrai pessoas felizes!

Quando é feliz, não há solidão!

Sei que nasci para ser feliz!

Nunca deixes a luz do amor apagar!

Abre a porta do teu coração e me deixa entrar nele com ternura e muito carinho!

Graças a deus descobri um dos sonhos, que pode ser a nossa realidade!

Eu amo e morro pelo teu amor!

Todo o meu amor que te dou, volta a mim, o caminho está aberto!

Para termos uma relação com futuro, hoje amanhã e sempre!

Procuro em ti uma boa amizade, evito cenas que criam muitos ciúmes!

Os ciúmes é o mal de uma amizade acabar!

A minha sorte, foi deus te dar como presente todo o teu amor!

O amor está a arder de muita paixão dentro do meu querido coração!

É um amor que é eterno, és uma pessoa especial, fazes toda a diferença na minha vida!

Já estou por tudo, não tenho nada a temer, apenas me resta amar!

Mais amor recebo, quando dou mais amor!

Só tu, me podes vir salvar, por favor me salva!

Vem apagar o incêndio que está a arder no meu lindo coração!

MINHA FORÇA ESTÁ NO AMOR!

Esquece o passado e vem, se é amor, ama!

Se estás a sentir amor, não desistas é tempo de hoje fazeres as pazes contigo mesmo!

Acreditas no amor, e na alma gémea?

No amor, são coisas que agora começam a melhorar!

O mal disto tudo é manter um relacionamento infeliz!

Está com medo de ficar só!

Mais vale só, do que estar mal-acompanhada!

Trate bem as pessoas, que a prosperidade vem!

Aconteça o que acontecer, continue a aprender, a vida é uma lição!

Mantenha uma mente aberta, continue a escutar, aconteça o que acontecer, siga sempre com todo o entusiasmo!

A fé, é a força mais poderosa que temos!

Se liberte do fantasma da pobreza, você não nasceu para a pobreza!

Deus é o mais rico do universo, mergulhe nas riquezas do universo!

Não há limites, para tudo que possas imaginar!

As riquezas de deus são infinitas!

O tesouro é divino, se não pedes nada, a resposta será sempre a mesma!

Se é uma pessoa calada, pensa nas coisas, mas continua calada, a resposta vai ser um não!

Mergulhe agora mesmo na riqueza infinita, peça todos os desejos que imagina na sua mente!

A nossa imaginação tem o poder de nos levar a onde nunca pensamos chegar!

Hoje acordei, satisfeito com a vida, a cantar de muita alegria e amor!

Me olhei no espelho, e disse para ele!

Eu sou rico, eu sou rico, eu sou milionário, tenho uma mente que atrai rios de dinheiro para a minha vida, assim é, e assim será!

Hoje o momento é de muita alegria!

Olho no espelho e falo coisas maravilhosas!

Eu gosto muito de ti, eu gosto de pessoas maravilhosas e alegres!

Eu cada vez mais, eu gosto de ti!

Eu cada vez mais eu te amo!

Não tenho palavras, para te falar, como eu te amo cada vez mais!

Eu cada vez mais estou apaixonado por ti!

Eu hoje mergulhei num grande oceano de alegria, sorrio para mim!

Sinto que sou muito feliz, sinto que sou alegre, sinto que sou um amor alegre e feliz!

As boas energias hoje voltaram a fazer parte do meu lindo dia, que está a brilhar!

Eu e deus, hoje podemos tudo!

Posso não ter muito dinheiro no bolso, mas quando sinto uma enorme gratidão pelo pouco que tenho!

O universo me dá a dobrar!

Quanto mais eu me queixar e negativo eu for!

Mais o dinheiro foge da minha vida!

Abençoe o dinheiro e a riqueza, e tenha gratidão!

O amor poderá trazer á sua vida um futuro brilhante!

O medo não existe, tenha um desejo de mudar agora a sua vida!

Ter uma atitude positiva, o seu coração sente um enorme amor dentro de si!

Veja o que acontece, quando segue em frente!

Esse amor dentro de si, os milagres acontecem!

O teu amor, me dá muita sorte hoje!

Tudo começa dentro da nossa mente!

O mundo é um mistério a onde vivemos!

A felicidade é a chave que abre a porta para a prosperidade!

A vida faz sentido, quando sentimos a felicidade dentro de nós!

A esperança teima ser mais forte que eu!

Nunca insista ser forte o tempo todo!

Esperança, fé, gratidão e amor no coração!

Aconteça o que acontecer, continue a sonhar!

Transforme tudo o que já viveu em ações positivas!

MINHA FORÇA ESTÁ NO AMOR!

A felicidade é um bem-estar!

Quando está infeliz, sente a companhia da droga, ela está consigo!

Quando está acompanhado com drogas, se sente no topo do mundo!

Leva uma moca de vida!

O uso pesado desta substância, a faz feliz, quando o seu efeito passa!

Pensamento negativo, resulta em resultado negativo!

Saia desse efeito, tão pesado!

Hoje o otimismo, melhora a sua saúde!

Pensamento positivo, resulta em resultado positivo!

Quando é feliz, pensamento positivo, produz uma boa saúde, produz a prosperidade e o sucesso!

O seu otimismo, volta com toda a força!

O otimismo está vindo ao seu encontro!

Procure subir, olhe para o seu progresso!

Sinta a felicidade, vá vencer, sem olhar a meios!

Encontre algo em que possa agora trabalhar!

Algo que ajude o tempo a passar, que lhe dê entusiasmo e otimismo!

Você procura mais liberdade, mais alegria e muito amor!

Os sonhos emitem sinais como estivéssemos a viver este momento, que é maravilhoso e alegre!

Prove o seu verdadeiro potencial!

O amor é para quem não tem medo de ultrapassar os obstáculos!

O coração rasgado pela dor!

É recomeçar, é tudo para nós, começar o que tanto sonhamos!

Nunca desanime, as estrelas brilham!

Alegria é contagiosa!

Há os que desfrutam da vida, são eles que nunca se deixam, derrotar pela solidão!

Apesar da dor dentro de si, a sua alegria continua consigo!

Contam histórias e vão para a frente como nada fosse!

Nem a dificuldade as fazem parar!

Nada adianta, olhar para trás, ou segue em frente ou desiste!

Viver o desconhecido é um ato de coragem!

Com o passar do tempo, acaba por encontrar a felicidade!

Quem tem deus, tem tudo, nada o assusta!

Nem o medo quer nada com você!

A vida pode acabar a qualquer momento!

A coisa mais importante neste momento é o amor!

Gosto imenso de rir, amo as pessoas que neste momento me fazem sorrir!

Agora eu te escolhi no meio de tantas pessoas, só mesmo tu, para me fazeres rir!

Só tu me fazes o bem, com a tua alegria, eu esqueço o medo de viver!

O que mais quero é não ser prisoneiro do passado!

Hoje gosto de sentir que sou eu mesmo!

Sei que eu tenho um inicio, meio e fim!

Para onde quer que eu me vire, levo a paixão dentro de mim!

O teu amor, é o maior presente, a sorte acaba de bater á minha porta!

Hoje penso muito no amor!

Ajo com amor, amo como puder o amor!

Vivo pelo amor, aprendi com o amor!

Acordei pelo amor que despertou dentro de mim toda a minha alegria!

Tu és a vida e o amor verdadeiro que sempre sonhei!

A nossa fala é de amor, agora todos os nossos dias viram alegria e felicidade!

Eu estou unido ao amor que é infinito, assim é e assim será, todo o nosso amor!

Sentir sentimentos são coisas puramente simples!

O nosso eu, por vezes não percebe nada e complica tudo!

Só lhe digo uma coisa, não guarde a felicidade só para você!

Seja grato, espalhe a felicidade por aí, há alguém que precisa mais que você!

A onde há paz, pode viver um grande amor!

MINHA FORÇA ESTÁ NO AMOR!

Acredite que a vida ainda vale a pena viver!

A felicidade, existe, ela é para ser vivida!

Deus, está do meu lado!

A cada instante, que a fé e a coragem, me dê força!

Ao pensar amor, que alegria, seja constante, porque a felicidade é uma coisa que não tem nome!

A felicidade é uma palavra falada no momento certo!

Tenha a coragem e fale na cara, fale o que pensa!

Tudo o que está a incomodar você, neste momento!

Acredite em si, sei que fica mais aliviado, em falar!

Ainda dá tempo, hoje é dia de demonstrar todo o amor que sente!

Demonstre todo o seu amor, sinta como se estivesse de partida!

Não adie o sorriso que pode dar agora!

Não adie o amor, porque nunca sabemos quando vamos partir para o outro mundo!

Cada pessoa que hoje cruza o seu caminho, trás um propósito!

Dê um abraço amigo, fale uma palavra com carinho!

Somos espíritos, somos divinos, somos deus!

A nossa passagem aqui na terra, pode mudar a qualquer momento, a qualquer segundo, aí teremos que fazer a passagem deste mundo para o outro!

O amor sempre esteve aqui, a única coisa é a vida!

Sem ela, não existimos mais!

Estar alegre, é falar com deus, ele nos percebe e dá toda a sua felicidade!

Deus não quer que tu te aflijas!

Não estejas triste, nem dês á tua alma a tristeza!

Pare um pouco, pensa na tua verdadeira felicidade!

Mergulha nas profundezas da alma, eu desejo, abre-te de sésamo o portal da felicidade, no reino dos céus, assim é, e assim será, agora e sempre!

Eu sou alegre, e feliz, pessoas felizes, sorriem feito crianças!

Eu tenho um amor inesgotável, que não tem fim!

Somos velhos, quando agora deixamos de amar!

Ou será que o amor é só na velhice que ele existe?

Festeje a festa da vida, qualquer idade, é sempre uma boa idade para amar!

Nada interessa a situação em que se encontra, hoje!

Estava morto, eu nasci de novo, estava perdido, agora encontrei-me no meu eu!

O sol brilha de alegria, este é um bom acontecimento para eu ser mais feliz e alegre!

Eu sou feliz, eu sou o amor, eu sou prospero, eu sou saudável!

A cada momento do dia, podes contar comigo, para o que der e vier, nos bons momentos ou nos maus momentos!

O nosso amor está acima de tudo!

Quando estamos felizes, o melhor é um bom humor!

Ser eu mesmo, é uma chance para declarar todo o amor!

Agora que eu senti que sou um deus, sou uno com todos!

O amor me completa, amo verdadeiramente, acredito em mim!

Acredito na minha própria capacidade para amar!

Amor, e eu acredito no amor!

Hoje ajo como se tivesse feito um grande negócio!

A boa sorte anda comigo, acabo de ganhar um milhão de euros!

Isto faz de mim, uma pessoa de sucesso!

As estrelas brilham, elas brilham no meu caminho!

Deixo que o amor invada todo o meu coração!

Atraio experiências, estupendas e cheias de muita alegria e amor, para a minha vida!

Eu que achava que o meu caso era um caso perdido!

Mas tudo na vida tem solução!

Não se vai arrepender, quando se deixa levar pelo momento!

Um vento cheio de muita paixão e liberdade!

É um sopro na sua vida amorosa!

MINHA FORÇA ESTÁ NO AMOR!

Deus e jesus, são os meus escudos nos momentos mais difíceis e de muita guerra!

A paixão é fogo!

Tento ser feliz, com todo o teu amor que arde no meu coração!

É um amor em brasa, que arde dentro de mim!

A tua felicidade é a minha felicidade e isso é amor!

Sigo um caminho positivo, dentro dele só há felicidade!

É tempo de pedir a deus, dobrar os meus joelhos, acreditar em toda a nossa fé!

E pedir a deus a vitória para vencer, quando falamos com toda a fé!

A palavra, e milagres acontecem!

Ter uma mente aberta, lhe trás bons resultados positivos!

Sofrer dói, com o tempo passa!

Um amor, um lugar, tantos amigos de repente perde-se tudo!

Uma vida pela frente e o meu destino é morrer sozinho!

Será que aceita perdoar a traição?

É um fracasso, quando alguém te trai!

Dentro da tua cabeça, passa muitos pensamentos negativos!

Eu aceito perdoar, mas dentro da sua cabeça!

Eu para mim diria: vou matar, aquela pessoa que me traiu ou me enganou!

Será que valerá tanto sacrifício!

Ou será que foi bom ter acontecido esta traição!

Esta situação, chegou na hora certa, era uma situação que há muito não me conseguia livrar de tanta traição!

Eu sou forte a aguentar, mas um dia tudo cansa!

A dor de quem já foi traído, é grande, custa a engolir em seco, mas depois tudo passa!

Aprenda amar, com a dor a tragédia, com ela ou sem ela, continue a amar!

Siga de mãos dadas, agora a quem está com você!

A vida sempre dá um jeito, para tudo ficar melhor!

Dentro de si, está um mundo a cair aos bocados!

Acredita na fé, tudo se ajeita, a onde pensava ter solução!

O silêncio é a resposta que podemos dar!

Parei no tempo e olho no céu, vejo os pássaros a voarem muito alto, lá vem no alto dos céus!

Os pássaros não trabalham, nem se preocupam pela vida!

Na verdade, só te digo isto, continuam a voar livremente lá no alto do céu!

Não se preocupam com o dia de amanhã, o que vão comer!

Simplesmente voam livremente!

Voe alto, sonhe grande, pense em grande!

Continuam a sorrir e a cantar, a vida lhe sorri!

Você não é um falhado, você é uma estrela que brilha cheia de luz!

Tem o dom que deus lhe deu, use o talento e vença na vida!

Já estive assim como tu, no fundo do poço!

O amor está em todo o lado até o encontrarmos!

Se não consegue estar sozinho, também não vai conseguir estar acompanhado!

Quando está sem amor e triste na vida!

Sem ponta de amor, tudo foge de você!

Por estar na sua própria companhia!

Tudo é energia negativa!

Tudo é um vazio, nos falta a segurança emocional!

Isso nos leva a ficar nervosos, nada resolvemos!

Não se isole, fale com calma!

Tenho que ter paciência e muita fé!

Temos que sentir todas as nossas emoções!

Tudo flui como um rio, devemos de dar espaço para nos libertar de tudo o que nos aprisiona!

O que não nos interessa, deixamos ir embora!

Minha força está no amor!

Olhamos para o futuro, enfrentamos como uma grande ameaça!

MINHA FORÇA ESTÁ NO AMOR!

Olhamos para tudo e para todos, e vimos como alguém nos fosse fazer algum mal!

Ou será que a nossa vida não tem valor nenhum?

Todas as nossas emoções de alegria, amor, passam a estar em risco!

A minha arma está na fé e no amor!

Temos que ter alguma ambição na nossa vida!

A força maior que eu sinto é a força do bem!

Eu evito conflitos, fujo de toda a confusão, contorno todos os obstáculos, por vezes não chega!

Sem ser nada comigo, sobra para mim!

Contorno para nunca estar rodeado de maldades e das asneiras e tolices que são de outras pessoas e não minhas!

Por vezes estou no meio de coisas, que não tem nada a ver comigo!

O bem abre uma porta de chegar até a mim!

O mal nunca dura para sempre!

Um dia tem um fim triste!

O bem vence o mal!

O bem sorri para a vida, a felicidade nunca tem fim á vista!

A nossa alma com amor, gratidão e alegria!

Tudo nasce no interior do nosso coração!

Hoje sentimos uma imensa gratidão, pelos pequenos momentos!

Tudo passa a ser um estado de graça!

Apenas precisamos de recuperar!

A vida tem tropeços e dificuldades, é nela que através da dor!

Que se chega ao jardim da grande felicidade!

Nunca espero ser elogiado, apenas acredito em mim!

Ficar de luto é uma fase que hoje, descobrimos, quem se importa comigo!

Para termos um dia de cada vez!

Também temos que fazer uma coisa de cada vez!

Assim nos dá tempo, para podermos alcançar o nosso sucesso!

Não interessa que sucesso queremos ter!

Se não é no amor, se não é na prosperidade, se não é na riqueza, se não for na fama!

Para conseguir o sucesso que desejamos!

É preciso fazer a coisa certa, para chegar a onde queremos hoje chegar!

Se não fizer a coisa certa, nunca irá chegar a lado algum!

Ter ambição, força a explorar novos caminhos!

A paciência é um trunfo para poder ganhar!

Pouco a pouco, o equilíbrio, chega positivamente, e isso lhe dará tempo para relaxar!

É nestas alturas que deus, está comigo!

Para poder mudar o rumo de certas coisas!

É uma energia que todo o seu esforço a leva ao sucesso!

Fico muito contente, por causa de um bom elogio, agora consigo ser muito feliz, com um belo sorriso nos lábios!

Elogiar é uma forma de alguém ficar mais satisfeita consigo mesma!

Os encontros que posso ter, serão muito bons!

Acho que devo de aproveitar!

Tudo que fazemos, está na página da vida!

Esperando o próximo capítulo!

Sorria para a vida, hoje está a ser amada e não percebe!

Você é tão bonita, tal como pensa que é!

O seu estado de ânimo, começa a melhorar!

Um dia vais encontrar o amor da tua vida!

Pela primeira vez, na sua vida, você vai acreditar!

O amor veio para ficar!

Agora poderá contar, todos os seus sonhos!

Poderá partilhar toda a sua alegria!

Busque, não tenha medo de errar, faça o bem, porque atrairá o bem para si!

A cada dia descubra uma nova forma de felicidade!

Siga na direção, ao que a vida, agora tem para nos mostrar!

MINHA FORÇA ESTÁ NO AMOR!

Perder tempo, com algumas pessoas, elas não se importam com você!

Quem quer na sua vida, sempre existe um espaço especial no coração!

Perder o seu tempo, com quem não quer ficar nesse espaço!

Se ame, deixe a magia do amor tocar a sua vida!

A vida não é como queremos que ela seja!

A vida nos leva a enfrentar alguns desafios!

Se o caminho em que está neste momento, não a faz chegar a lado algum!

Não se enerve, volte para trás!

Ainda tem a possibilidade de começar!

Busque a companhia de alguém que entre na mesma sintonia do seu silêncio, juntas com a sua alma!

Todos procuramos ter o sucesso, mas nem todos conseguem ter!

O fracasso está no seu sistema psicológico!

O fracasso acontece, porque não se sente seguro consigo mesmo!

Além de estar no fracasso, prefere sofrer do que vencer!

Se liberte da culpa, em criança pode ter tido alguns problemas emocionais e desgostos com a vida!

A vida não tem culpa, ela continua e sempre vai continuar!

Por isso hoje vive infeliz, trancado dentro da mesma pessoa, atirando a culpa a todos que cruzam a sua vida!

Não vai para a frente, não aceita a ideia da felicidade!

Segue uma vida sem ter confiança em si próprio!

Se sente inferior, achando que não é capaz de vencer!

Dentro da sua cabeça, está inseguro de tudo!

Fica destruído, quando recebe um não!

Fica o tempo todo a repetir a mesma coisa que não vai dar certo!

Nova oportunidade de mudança está ao seu alcance!

A sua ambição e a autoconfiança!

Ame a vida enquanto ainda está viva!

Um espírito que habita o nosso mundo!

Ainda não conseguiu passar para o outro lado!

SAÚL FRAGOSO

Alguma coisa a fez ficar cá pressa!

O espírito precisa de algo para funcionar!

Emite os seus sinais na forma de frequências!

A vidente surge para comunicar com o seu espírito, que vive no interior do seu corpo!

As suas energias, as suas frequências, se comunicam entre o mundo material e o mundo espiritual!

Hoje merece ser feliz!

A boa noticia é que toda a gente hoje se preocupa consigo!

Agora aceito o meu destino, que a vida me está a dar!

Que os nossos sonhos, as nossas alegrias!

Hoje a cada novo dia e sendo feliz de viver a vida com um enorme amor dentro do peito!

A busca de um sonho, pode trazer uma nova mudança!

Acredite em si, acredite na sua capacidade!

Nunca deixe de acreditar em si, você pode, mais que ninguém!

Tenha fé em si mesma e acredite!

Confie no propósito, é suficiente forte para compreender toda esta vida!

O jogo continua a ser igual, sabia que pode ser rico, pode ser pobre, pode ser famoso em todo o mundo, os verdadeiros amigos, nunca se perdem!

Quem não é um amigo verdadeiro, nos vira a cara porque agora é rico e não nos liga porque somos pobres!

O jogo da vida muda!

A roleta da sorte pode girar para o meu lado e eu ficar milionário e o meu amigo que tanto me virou a sua cara ficar na pobreza e vira um mendigo de rua!

Quando o eu mais precisei, ele se esqueceu que eu existia!

Agora se lembra que eu existo, porque virei um milionário!

Enquanto ele fracassou na vida!

MINHA FORÇA ESTÁ NO AMOR!

Tenho pena a vida dá voltas e muitas voltas, eu falo por mim, que pertenço ao mundo das voltas!

Esta á uma das minhas realidades neste momento, já perdi tudo o que tinha para perder!

A vida me tirou umas coisas, para hoje eu ter outras, ainda melhores!

A felicidade tocou conta da minha vida!

Já não consigo ser a mesma pessoa que já fui antes!

Hoje não importo com os bens matérias, porque a felicidade tomou conta da minha vida!

A vida continua a ser um grande mistério!

Eu apenas quero ser feliz, quero aproveitar o pouco tempo que ainda me resta!

O amor, o sorriso, a felicidade e alegria, tudo isso são energias que nos ajudam a curar e a rejuvenescer interiormente!

Somos maiores que qualquer doença dentro de nós, o amor vence tudo!

Quando eu li a bíblia, fique a pensar no que li: vai em paz, que a tua fé te curou de todo o teu mal!

Quero muito poder entrar no teu querido coração!

Por favor nunca deixes a tua luz apagar!

Hoje é o seu grande dia!

É o dia da sorte, graças a deus que abriu os olhos!

Hoje é muita sorte no amor!

Hoje já é outro dia, um novo dia, que estou cheio de muitos pensamentos de alegria!

A vida é hoje, a vida é luz, a festa é agora!

O meu coração se abre ao teu amor!

Juntos entramos na mesma porta!

Eu te tomo pela mão, nada deste mundo nos faz separar!

Confia em mim, um dia de cada vez!

Ama-me, decide agora tudo que sentes por mim!

Só quero que me ames, bem juntinho a mim!

Juntos brindemos todo o nosso amor!

Agora que aceitaste amar-me. Já não há mais volta!

Porque todo o meu amor, invade toda a tua vida!

O nosso amor é para sempre!

Andava triste como o sol, continuava a caminha desanimado com a vida!

Seguia convencido que nunca iria despertar o interesse numa mulher!

O destino veio para eu vencer tudo!

Um belo dia de sol, a mulher que nunca pensei na minha vida, ela se declarar!

O seu amor verdadeiro, a mim, que agora eu aceitei!

Gritei feito louco de alegria!

Quando há esperança é uma luz que nunca deixa de brilhar!

O nosso amor agora é infinito, obrigado pelo nosso amor que é eterno!

Minha força está no amor!

Don't miss out!

Visit the website below and you can sign up to receive emails whenever saúl fragoso publishes a new book. There's no charge and no obligation.

https://books2read.com/r/B-A-JCWP-OSJXB

BOOKS 2 READ

Connecting independent readers to independent writers.

About the Author

saulfragoso.net

www.ingramcontent.com/pod-product-compliance
Lightning Source LLC
Chambersburg PA
CBHW052232150726
48002CB00003B/1399